I0639150

PANURGE,

DANS L'ISLE DES LANTERNES,

COMÉDIE-LYRIQUE

EN TROIS ACTES,

REPRÉSENTÉE

POUR LA PREMIERE FOIS,

PAR L'ACADEMIE-ROYALE

DE MUSIQUE,

Le Mardi 25 Janvier 1785.

PRIX XXX SOLS.

A PARIS,

De l'Imprimerie de P. DE LORMEL, Imprimeur de ladite Académie, rue du Foin Saint-Jacques, à l'Image de Sainte Geneviève.

On trouvera des Exemplaires à la Salle de l'Opéra.

M. DCC. LXXXV.
Avec Approbation, & Privilege du Roi.

(5)   1090

Les Paroles font de M. M***.

La Mufique eft de M. GRETRY.

AVERTISSEMENT.

L'ACCUEIL favorable dont le Public a bien voulu honorer la CARAVANE, a enhardi l'Auteur à présenter dans Panurge un caractere comique. Il a cru ne devoir prendre dans Rabelais que le nom du personnage, son arrivée dans l'Isle des Lanternes, & l'idée du bal.

On n'ignore point les préventions qui subsistent encore contre le genre comique, sur le Théâtre de l'Opéra ; mais on sait aussi que le Public ne se laisse point entraîner par les opinions particulieres, & qu'il applaudit au genre qui l'amuse comme à celui qui l'intéresse.

Cependant comme on ne cesse de répéter que le genre comique dégrade la scene lyrique, il ne faut pas cesser de répondre que le Théâtre François, qui a aussi sa dignité, ne se trouve point dégradé, parce qu'on y joue le Roi de Cocagne, Pourceaugnac, même après Athalie.

On a reproché à l'Auteur d'Alexandre d'avoir quelquefois employé dans la CARAVANE un style trop simple, & qui semble négligé : on lui fera peut-être le même reproche pour ce nouvel ouvrage ; mais si l'on veut faire attention que c'est des expres-

fions vraies que naiſſent les effets les plus piquants
de la Muſique, on ſentira les ſacrifices que la
Poëſie eſt obligée de lui faire, comme à l'art pré-
dominant à l'Opéra.

L'Auteur de ce Poëme, enfin, oſe répéter ce qu'il
a déjà imprimé, qu'il ſera trop heureux, en offrant
au Public ce fruit de ſes loiſirs, s'il peut ajouter
une fleur de plus à la couronne immortelle qui pare
le front de M. GRETRY. Il étoit réſervé à ce Com-
poſiteur, auſſi ingénieux qu'inépuiſable, d'aſſocier
Thalie à Polymnie, ſur le Théâtre Lyrique, &
de faire briller l'une, en empruntant tous les charmes de l'autre.

ACTEURS ET ACTRICES
CHANTANTS DANS LES CHŒURS.

CÔTÉ DE LA REINE.		CÔTÉ DU ROI.	
Mesdemoiselles.	*Messieurs.*	*Mesdemoiselles.*	*Messieurs.*
Des Rosières.	Candeille.	Dubuisson.	Péré.
D'Hautrive.	Larlat.	Garrus.	Legrand.
Joséphine.	Capoi.		Martin.
Fel.	Rey.	Rouxelin.	Pouffez.
Launer.	Vallon.	Sanctus.	Touvoys.
Macker.	Cleret.	Charmoy.	Cauchois.
	Renaud.		Jalliot.
Aurore.	Tacuffet.	Leclerc.	Cavallier.
David.	Baillon.	Deslions.	Jouve.
Breffort.	De Lori.	Voifin.	Moulin.
Beaumont.	Fagnan.	Desportes.	Jalaguier.
Defrenneville.	Bouvard.	Lacourneuve	Duchamp.
	Joinville.	Ste James.	Delboy.
	Le Roux, 1.	Glachant.	Débeirk.
	Le Roux, c.		St Etienne.

ACTEURS CHANTANS.

PANURGE,		M. Laïs.
ACASTE,	} Chefs de	M. Rousseau.
ZIRPHILE,	} l'Isle.	M. Chéron.
AGARENE,		Mlle Gavaudan, c.
ZÉNIRE,		Mlle Castello.
UN TALAPOIN,		M. Moreau.
CLIMENE, Femme de		
PANURGE,		Mlle St Huberty.
LIGNOBIE, Déesse des		
Lanternois,		Mlle Châteauvieux.

*La Scène se passe dans l'Isle des Lanternes,
qu'on suppose voisine de la Chine.*

PERSONNAGES DANSANTS.

ACTE PREMIER.
LANTERNOIS.
M^{rs}. LEFEVRE, LAURENT.

Mlles. ZACHARIE, ELISBERG.

M^{rs}. COULON, LARGILLIERE.

Mlles. MEZIERE, TROCHE.

M^{rs}. Siville, Francisque, Boyer, Deschamps.

Mlles. La Croix, Vanloo, Darcy, Gabrielle.

ACTE SECOND.
TARTARES.
M^r. GARDEL, Mlle. SAULNIER.

M^{rs}. Simonet, le Bel, Milon, Poinon.

Mlles. Bigotiny, Simon, Puisieux, Barré.

MOLAQUES.
M^r. VESTRIS, Mlle. GUIMARD.

M^{rs}. Le Breton, Saulnier, Delahaye, Clerget.

Mlles. Courtois, Ester, Camille, Langlois, c.

BAYADAIRES INDIENNES.
Mlle. LANGLOIS.

Mlles. Henriette, Masson. Siville, la Coste, le Clerc, Hortence, Chenneval, Praut.

PIGMÉES.

Mrs. Labory, Lachapelle, Lilly, Flin, Auguste.

Mlles. Nanine, Simon, Augustine, Jacotot, Trissan.

ACTE TROISIEME.

LUTINS.

Mrs. Labory, Lachapelle, Lilly, Flin, Auguste,

Mlles. Nanine, Simon, Augustine, Jacotot, Trissan.

LANTERNOIS.

M. LEFEVRE, Mlle. ELISBERG.

Mrs. Siville, Francisque, Boyer, Deschamps.

Mlles. La Croix, Vanloo, Darcy, Gabrielle.

TARTARES.

Mr. GARDEL, Mlle. SAULNIER.

Mrs. Simonet, le Bel, Milon, Poinon.

Mlles. Bigotiny, Simon, Pusieux, Barré.

CHINOIS.

Mrs. COULON, LAURENT, LARGILLIERE.

Mlles. LANGLOIS, MEZIERE, TROCHE.

HABITANTS de l'Isle de Formose.

M. VESTRIS, Mlle. GUIMARD.

Mrs. Caster, Barré, Blanche, Guillet, c.

Mlles. Siville, le Clerc, Masson, la Coste.

PANURGE

PANURGE,

DANS L'ISLE DES LANTERNES,

COMÉDIE-LYRIQUE.

ACTE PREMIER.

Le Théâtre représente une place publique. On voit dans le fond un port de mer, & sur un des côtés, le portique d'un Temple. Tout est préparé pour la Fête de la Déesse des Lanternois.

SCÈNE PREMIERE.

AGARENE, ZÉNIRE, ACASTE, ZIRPHILE, *Peuples des* LANTERNOIS, CLIMENE.

CHŒUR.

DIVINITE' d'un peuple heureux,
Mère de l'aimable Folie,

A

PANURGE,

Puiffante Lignobie, [*]
Daigne exaucer nos vœux !

CLIMENE.

De Zénire & d'Agarène,
Qu'un tendre amour enchaîne,
Viens couronner les feux.

UN CORIPHÉE.

D'Acafte & de Zirphile,
Bienfaiteurs de notre Ifle,
Daigne exaucer les vœux.

UN LANTERNOIS.

Le Soleil fur ce rivage
Ramène ce grand jour,
Où chacun tour-à-tour
Encenfe ton image,
Et t'offre pour hommage
Un cœur brûlant d'amour.

UN LANTERNOIS.

Honneurs, gloire, richeffe,
Vos faveurs
Ne touchent point nos cœurs.

_____

(*) Déeffe connue dans Rabelais.

AGARENE.

La tendreffe,
Les ris & les jeux
Font ici les heureux.

CHŒUR.

Divinité, &c.

Le peuple s'avance vers le Temple, & dépofe aux
pieds de la Statue de Lignobie, des préfens, &
des fleurs. (*On danfe.*)

ACASTE à AGARENE.

Puiffe enfin ce beau jour, adorable Agarene,
Nous voir unis par la plus douce chaîne !

ZIRPHILE à ZENIRE.

Nous allons bientôt être heureux :
Oui, Zénire, l'hymen va couronner nos feux.

AGARENE & ZENIRE. (*Emfemble.*)

Déeffe, fois-nous propice :
Que le plus doux hymen pour jamais nous uniffe.

(*Danfe.*) CLIMENE.

Qu'ici l'on a de peine à former un lien !
On chante, on danfe, & l'on ne finit rien.
Ah ! mes chères maîtreffes,

PANURGE,
Que n'êtes-vous dans mon pays!
L'effet y fuit de bien près les promesses.
Au gré de leurs defirs, les amans font unis.

Dans ma brillante jeunesse,
Un jeune amant,
Vif & charmant,
M'exprima sa tendresse,
Et me jura d'être constant.
A quinze ans l'amour presse,
Il est bien séduisant :
Comment faire ?
Quand on diffère,
On s'en repent.
D'aimer je fis ferment.
Bientôt, de fleurs la tête couronnée,
Conduite par l'Amour aux autels d'Hyménée,
Je vis combler tous mes souhaits.
Ah! que cette journée
Pour nos cœurs eut d'attraits !

(*A part.*) L'ingrat me fuit deux ans après.

Ah ! mes chères maîtresses ! &c. &c.

ZÉNIRE.

Climene ! que veux-tu, tout peuple a fa manie.

CLIMENE.

Diffère-t-on l'instant du bonheur de la vie ?
Quelle est donc votre erreur ?
De la Divinité qu'en ces lieux on révère,
Je sais quel est le caractère.
Dans tout ce qu'elle fait, elle est d'une lenteur,
Qui désespère un tendre cœur.

ZÉNIRE.

De ma constance hélas ! lui faut-il d'autre gage ?

ACASTE, ZIRPHILE.

Que peut-elle de nous exiger davantage ?
Je vous adore, vous m'aimez ;
Nos cœurs, pour être unis, ne sont-ils pas formés ?

LES QUATRE AMANS.

Bienfaisante Déesse,
Vois notre ardeur.
Que l'amour qui nous presse,
Parle en notre faveur.

CHŒUR.

Bienfaisante Déesse,
Vois leur ardeur ;
Que l'amour qui les presse,
Te parle en leur faveur.

SCÊNE II.

Les mêmes, Z A M T.

Z A M T I.

PEUPLE, tendres amans, écoutez : la Déeffe
Par ma voix répond à vos vœux.
Elle approuve votre tendreffe ;
Oui, vous ferez heureux.
Si...

A C A S T E.

Que viens-je d'entendre ?

Z E N I R E.

Combien de temps encor nous faudra-t-il languir ?

AG·A·R·E·N·E.	CLIMENE.
Je ne puis plus attendre.	Toujours attendre !
Tant de retard me fait mourir.	Hélas ! autant mourir !

LES DEUX AMANS au PRÊTRE.

Achevez.

Z A M T I.

Si par un orage,

Un étranger, jeté sur ce rivage,
Trouve les deux objets dont vos cœurs sont charmés,
Egalement aimables.

LES DEUX AMANS.

Sans doute ces beautés paroîtront adorables ;
Nos cœurs des mêmes feux pour elles enflammés,
Ne trouvent point d'attraits qui leur soient compa-
rables.

ZAMTI.

C'est le langage des amans.

Le Destin veut que ces deux Belles
Inspirent, sans cesser de vous être fidèles,
Au même cœur, les mêmes sentimens.

CHŒUR.

Ah ! quel étrange oracle !

CLIMENE.

Pour l'accomplir, il faudroit un miracle.

ACASTE à AGARENE.

Qui vous voit une fois,
Est à vous sans partage.
Et si l'on avoit fait un choix,
Pour n'adorer que vous, on deviendroit volage.

CLIMENE.

Comment efpérer un orage ?
Dans vos climats, il ne tonna jamais.

ZENIRE.

Dans cet oracle, tout m'afflige ;
Tout caufe à mon amour les plus cruels regrets.

ACASTE.

L'amour pour les amans a fait plus d'un prodige ;
Attendons tout de fon pouvoir.

LES QUATRE AMANS. CLIMENE.

Amour, tu vois　　　⎰　Mon défefpoir.

CLIMENE.　　　⎱　Leur défefpoir.

ZAMTI　(aux Amans.)

L'efpoir vous eft permis ; mais, par votre trifteffe,
　Craignez d'interrompre les jeux,
Confacrés en ce jour à la grande Déeffe ;
Offrez avec refpect votre encens & vos vœux.
C'eft en fe foumettant que l'on fléchit les Dieux.

Le

Le Ballet recommence; après quelques mesures,
le jour diminue; on entend un bruit de tempête
encore éloigné.

ACASTE.

Mais le jour s'obscurcit & les vagues s'irritent.

ZIRPHILE.

Ciel! de quels sifflemens retentissent les airs!

AGARENE.

Ma sœur, as-tu vu ces éclairs?

ZÉNIRE.

Les nuages se précipitent.

ACASTE.

Quel heureux présage pour nous!

ZIRPHILE.

Du tonnerre qui gronde, entendez-vous les coups?

ZÉNIRE.

Tout le Ciel est en feu.

AGARENE.

Notre bonheur commence.

LE CHŒUR.

Par nos chants les plus doux,
Portons jusques aux cieux notre reconnoissance.

CLIMENE.

Je tremble, je frémis, le Ciel est en courroux.

B

PANURGE,

Les vents se font la guerre ;
Et sous mes pas je sens trembler la terre :
Non, je ne puis vraiment en rire comme vous.

LES DEUX AMANS.

Par nos chants les plus doux
Portons jusques aux Cieux notre reconnoissance.

CHŒUR.

De quel bruit majestueux
Retentit ce rivage !
Ces éclairs, ce superbe orage
Sont pour nous un bienfait des Dieux.

AGARENE.

Ah ! si quelqu'un pouvoit faire naufrage !

CLIMENE.

Le beau souhait !..
(*On entend un grand coup de tonnerre.*)
Mais !.. grands Dieux ! quel fracas !
Fuyons, & de la foudre évitons les éclats.

(*Elle sort.*)

ZIRPHILE

Voyez-vous ces débris jetés sur le rivage,
Ces cordages flottants, & ces mâts fracassés ?
Nos vœux sont exaucés.

AGARENE

L'oracle s'accomplit ; allons, prenons courage.

SCÊNE III.

LES PRÉCÉDENS, PANURGE, *sur une*
Chaloupe au milieu de la Mer.

PANURGE.

Daignez me fecourir;
Faut-il ceffer de vivre à la fleur de mon âge?

TOUS LES ACTEURS.

Volons à fon fecours.

PANURGE.

Je fuis près de périr.
Secourez-moi.... j'enrage.
Sauvez-moi donc, vous danferez après.

(*On fauve Panurge, tout le peuple l'entoure.*)

B ij

PANURGE,

LES DEUX AMANS.

Vous voyez les tranſports de nos cœurs ſatisfaits.

PANURGE.

Je ſerois mort cent fois, vous ne vous preſſiez guère.

AGARENE.

Dans ce pays, on n'eſt jamais preſſé.

ZÉNIRE.

Raſſurez-vous, le péril eſt paſſé.

PANURGE.

Ma crainte ne l'eſt pas, je n'en fais pas myſtère.

ACASTE.

Calmez votre frayeur.

PANURGE.

Ne peut-on pas mourir d'avoir eu peur.

ZIRPHILE.

Raffurez-vous, calmez votre frayeur.

PANURGE.

A quoi bon m'alarmer... mon cœur ne peut le taire ;
Je vous dois tout. Panurge en ce moment....

ACASTE.

Panurge !

PANURGE.

Je vous vois frappés d'étonnement.....
Oui, c'eft Panurge qu'on me nomme.

TOUS.

Quoi ! vous Panurge, ce grand-homme
Si vanté ! fi connu !

ZIRPHILE.

Comment, jufqu'en ces lieux êtes-vous donc venu ?

PANURGE.

Ne le fçavez-vous pas ? C'eſt en faiſant naufrage.

ACASTE.

Quel étoit votre but, en faiſant ce voyage ?

PANURGE.

Dans un triſte repos je ne pouvois languir.
   J'ai vu l'Europe, l'Amérique,
   Et l'Aſie & l'Afrique ;
Allant, venant, mon but eſt de me réjouir.

   Les voyages ſont à la mode,
   On veut s'inſtruire, en voyageant.
   Moi, je ſuis une autre méthode ;
   Je ne cherche que l'agrément.
   Je ne blâme, ni ne fronde,
   Ne ſongeant qu'à me divertir.
   Je trouve tout bien dans le monde,
   Quand j'y rencontre le plaiſir ;
Mais où ſuis-je après tout ?

AGARENE.

Dans l'Iſle des Lanternes.

PANURGE, *(à part.)*

Ce font apparemment quelques peuples modernes,
Dont la carte ne parle pas.

ZÉNIRE.

Puiffe pour vous notre Ifle avoir quelques appas!

PANURGE.

Votre pays me plaît, j'y veux paffer ma vie.

LES AMANS.

Ah! quel honneur pour nous!

PANURGE.

Mais, fans cérémonie,
Un moment de repos
Me feroit néceffaire, après mon aventure.
J'ai le corps brifé, je vous jure,
Tant j'ai lutté contre les flots.

FINALE
ACASTE.

Venez dans mon Palais, faites-moi cette grâce.

LE CHŒUR.

D'un tel honneur nous fommes tous jaloux.

PANURGE.

Votre accueil m'embarraffe,
Hé ! comment vous contenter tous ?

CHŒUR.

Vous poffeder eft un bonheur pour nous.

PANURGE.

Je ne fçaurois me rendre aux vœux de tout le monde.

LES DEUX AMANS.

A nos defirs que votre choix réponde.
Vous pafferez ici des jours fereins & doux.

PANURGE. (à part.)

Avec empreffement chacun ici m'invite.
Je vois bien qu'en cette Ifle on connoît le mérite.

LES DEUX AMANTES.

De recevoir un étranger
C'eft pour nous une fête.

PANURGE,

PANURGE. (*à part.*)

Je n'ai vu de ma vie un peuple plus honnête.

LES DEUX AMANTES.

Tout doit vous engager
A vous rendre ce foir au bal qu'on nous apprête.

PANURGE. (*haut.*)

Affurément, je m'y rendrai,
Je vous verrai,
J'y danferai,
Soyez en bien certaines.

LES AMANTES.

Vous en ferez le Roi.

PANURGE.

Vous en ferez les Reines.
Par les vents furieux
Jeté fur ce rivage,
De mon heureux naufrage,
Je rends graces aux Dieux.

C

CHŒUR.

De vous voir en ces lieux
Pour nous quel avantage !
De cet heureux naufrage
Rendons graces aux Dieux.

(On entoure Panurge & on l'emmène.)

FIN DU PREMIER ACTE.

ACTE SECOND,

Le Théâtre repréfente l'intérieur d'une Salle Afiatique.

SCÊNE PREMIERE.

CLIMENE, feule.

QUI m'eût dit que fur ce rivage,
Je reverrois un jour Panurge, mon époux !
Long-temps pour retrouver cet ingrat, ce volage,
Et des vents & des flots, j'ai bravé le courroux.
Prife par un Corfaire, en ces lieux emmenée,
A fervir, je fuis condamnée.

Jeunes Femmes, que je vous plains.

Simples, dociles,
Tendres, faciles,
A des ingrats vous livrez vos deſtins.
Voyez Climene,
Voyez ſa peine,
Comme elle, connoiſſez ces époux inhumains.

Différons quelque-temps à nous faire connoître,
Panurge eſt loin de me croire en ces lieux.
Sous un déguiſement, offrons-nous à ſes yeux,
Et goûtons le plaiſir de nous venger d'un traître.
De nos amants ſecondons le ſouhait.
Pour deux beautés qu'un autre amour enflamme,
Panurge va brûler; je connois bien ſon ame.
Qu'il ſoit notre jouet.

Epouſes trop fidelles
D'infidèles époux,
Je venge vos quérelles
Approuvez mon courroux.
Tant de maux, tant d'outrages
Seront toujours ſoufferts ?
Non. Forçons les volages
A rentrer dans nos fers.

SCÊNE II.

ZÉNIRE, AGARÈNE, ZIRPHILE, ACASTE.

ZÉNIRE à ZIRPHILE.

JE vois avec douleur le chagrin qui vous preſſe,
Au gré de nos déſirs tout ſemble s'arranger,
N'en doutons point, Panurge eſt l'étranger
  Prédit par la Déeſſe.

ZIRPHILE.

 Si vous aimiez comme moi,
Vous ſentiriez cette peine cruelle....

ZÉNIRE.

De vous aimer, de vous être fidele
  L'amour me fait la loi.

ACASTE à ZIRPHILE.

Aux vœux de la Déeſſe ah! ſoyez moins rebelle
Soumettez-vous, ou craignez ſa rigueur.
 Vous pouvez en croire Zénire ;
 Ce qu'à Panurge elle va dire
 De plus tendre, de plus flatteur,

C'eſt pour vous ſeul que le dira ſon cœur.

De l'aimable objet qui nous aime,
Soupçonner la fidélité,
C'eſt faire ſon tourment ſoi-même,
C'eſt faire outrage à la beauté.
Amants, comptez ſur la conſtance
Que vous vous jurez chaque jour,
C'eſt de cette douce aſſurance
Que naît le charme de l'amour.

ZIRPHILE (à Zénire.)

Vous qui m'êtes ſi chere,
Connoiſſez mon tourment !
Si votre cœur ſincère,
Pour ce nouvel amant, s'enflammoit à ſon tour !
Cette crainte me déſeſpère.

Quand on connoît l'amour,
Eſt-on ſans jalouſie ?
Avec une amante chérie
Se permet-on le plus foible détour ?
Ce n'eſt point aſſez pour mon ame
D'un amour frivole & léger.
Je porte un cœur tout de flamme,
J'aime pour ne jamais changer.
C'eſt un cruel martyre,

Qui m'agite, me déchire ;
Mais je préfère mon tourment
Au vain plaisir d'être inconstant.

AGARENE, ACASTE, ZÉNIRE.

Puisque la ruse est nécessaire,
Par elle assurons nos succès ;
Mais croyez que mon cœur sincère
Avec vous ne feindra jamais.

ACASTE.

Je vois Panurge qui s'avance.

(à Zénire)

A l'enflammer employez tous vos soins.

(A Zirphile & à Agarène.)

Laissons-la seule, allons, notre présence...

ZIRPHILE.

Cachons-nous ici près, pour être les témoins...

ZÉNIRE.

D'une victoire hélas! que je crains & désire.
A quelle épreuve, ô Dieux, condamnez-vous Zénire?

AGARENE, (à Zénire.)

La Déesse à ce prix nous promet nos époux.

Dans un moment, ma sœur, je me rends près de vous.

SCÈNE III.

ZÉNIRE, PANURGE, (*habillé en Lanternois.*)

PANURGE.

Vous me voyez paré d'un riche vêtement,
Que dites-vous de mon ajuftement?

ZÉNIRE.

On ne voit rien de plus galant.
Il femble vous donner une nouvelle grace.

PANURGE.

Je crois qu'à votre Bal je tiendrai bien ma place.

ZÉNIRE.

Ah! toutes nos beautés vont foupirer pour vous,
Et mon cœur en fera jaloux.

PANURGE, *à part.*

Je crois que cette Belle,

Ne

Ne fera pas long-tems cruelle,

(*haut.*)

Vous me trouvez donc bien !

ZÉNIRE.

Très-aimable , charmant!

Mais ce qu'en vous j'admire davantage ,

C'eſt votre air noble, aiſé, ſur-tout votre enjouement.

PANURGE, *à part*

Je plais ; allons , courage.

Ah ! qu'en ces lieux on s'enflamme aiſément.

(*haut.*)

Con noiſſez-vous l'amour ?

ZÉNIRE.

L'Amour ! aſſurément.

Chacun ſoupire

Dans ce ſéjour ,

On n'y reſpire

Que pour l'Amour.

Sous ſon aimable empire ,

Tout flatte nos deſirs;

S'aimer & ſe le dire ,

Voilà les vrais plaiſirs.

PANURGE, *à part.*

Que ce langage eſt tendre !

D

Mon cœur! fongez à vous défendre.

ZÉNIRE.
Il ne tiendroit qu'à vous de faire mon bonheur.

PANURGE.
Qu'à moi?

SCÊNE IV.

LES ACTEURS PRÉCEDENTS.

AGARENE, *enfuite* ACASTE & ZYRPHILE.

AGARENE.

JE vous furprends, ma fœur,
Dans un aimable tête-à-tête.

PANURGE.

Pourquoi le troublez-vous ?

AGARENE, *à Zénire.*

Il eft bien dangereux.
On vous aime, avec moi faut-il être difcrette ?

ZÉNIRE.

Je n'ofe me flatter d'une telle conquête.

AGARENE, *à* PANURGE.

Vous pouvez librement lui parler de vos feux.

PANURGE.

Oui, fa beauté m'attire.
Quel pouvoir enchanteur !

Dij

P A N U R G E,

Quel feu, quel aimable délire,
S'emparent de mon cœur !
Pour s'enflammer, & se rendre,
Zénire, il suffit d'un jour.
Quand on a le cœur tendre,
Comment échapper à l'amour ?

Z É N I R E, *à part*, & *à* AGARENE.

A vous, ma sœur.

A G A R E N E. (*Haut.*)

Que je vous porte envie !

P A N U R G E.

Bon ! vous jalouse !

A G A R E N E.

Qui ? moi, de la jalousie !
Elle ne mene à rien.
Je ris de tout, & je m'en trouve bien.
Ma sœur vous plaît, j'en suis ravie.

P A N U R G E, *à part.*

Qu'elle me paroît gaie ! oui, j'aime son humeur.
Elle me conviendroit, je crois, mieux que sa sœur.

A G A R E N E.

Pour un amant triste & sauvage,

Langoureux, toujours rêveur,
Pour un amant léger, volage,
Aimable, vif, de belle humeur,
S'il falloit décider mon cœur.

PANURGE.

Hé bien ! l'Amant triste, sauvage,
Auroit-il l'avantage ?

AGARENE.

Oh ! non, c'est une erreur.
La gaieté, la folie
Enchaînent les amours ;
Sans elles, dans la vie,
Il n'est point de beaux jours.

PANURGE.

Oui, c'est-là mon système,
Vous pensez comme moi.

AGARENE.

On desire être seul avec l'objet qu'on aime.
Adieu, je me retire.

PANURGE.

Un moment, eh pourquoi ?...
Restez, je vous trouve adorable.

PANURGE,

ZÉNIRE, *à part.*

Bon.

AGARENE.

Faire ombrage à ma sœur !
Ah ! j'en ferois inconfolable.
Tout lui donne avant moi des droits fur votre cœur.
Ses grâces, fa beauté.

PANURGE.

Sans doute elle eft aimable,
Mais en vous, fans contredit,
Tout me charme, tout me ravit.

ZÉNIRE.

Hélas !

AGARENE. (*Apart.*)

J'étois fûre de plaire.

(*à fa fœur.*)

Feignons, pour un moment,
De nous difputer cet amant ;
Tâchons de nous mettre en colere.

ZÉNIRE.

QUINQUE.

Quoi ? dans ce jour,
Par ma fœur, par mon amie
La plus chérie,
Je fuis trahie !
Quel mauvais tour !

AGARENE.

Dans cette vie
L'on ne penfe qu'à foi.
En pareil cas, par fon amie
La plus chérie,
Femme eft trahie,
Telle eft la loi.

PANURGE.

Qu'elle eft jolie !
Oui , fa folie
Me divertit.
Qu'elle a d'efprit !
(*montrant Zénire.*
Que de nobleffe !
De fa tendreffe
Je fuis ravi ;
Elle me plaît beaucoup auffi.

ZÉNIRE.

Que de caprice ,
Que d'injuftice ,
Par fa malice ,
Caufe l'amour !
Quel mauvais tour !

P A N U R G E ,

AGARENE.

On change, on perſévere,
On s'aime, on ſe trahit,
L'amour ſouvent naît du dépit.
En voici le myſtère :
C'eſt un enfant qui nous conduit.

ZÉNIRE & AGARENE.

Redoutez ma colere.

P A N U R G E.

De grace, point d'emportement.

ZÉNIRE, *regardant le côté où eſt Zirphile.*

Que Zénire en amour ſera ſenſible & tendre !

AGARENE, *regardant du côté où elle ſçait qu'eſt*
Acaſte.

Qu'Agarene à vous plaire aura d'empreſſement !

P A N U R G E, *à part.*

D'un peu d'orgueil je ne puis me défendre.

Z I R P H I L E, *à part.*

De mon juſte courroux j'ai peine à me défendre.

ZÉNIRE & AGARENE, *à Panurge.*

Je ſuis ſenſible & tendre,

Laiſſez-

Laissez-vous enflammer.
Ma sœur a plus de charmes,
Mais je sçais mieux aimer.
C'est moi qu'il faut aimer.

PANURGE.

En voyant tant de charmes,
Je me sens enflammer.

A Agarene & à Zénire tour-à-tour.

C'est vous, c'est vous qu'il faut aimer.

ACASTE, *à Zirphile dans le fond.*

Bannissez vos alarmes,
Et sachez mieux aimer.
Toutes deux par leurs charmes
Font bien de l'enflammer.

ZIRPHILE, *dans le fond du Théâtre.*

Quelles font mes alarmes !
Dieux ! quel tourment d'aimer !
Zénire rend les armes,
Je la vois s'enflammer.

AGARENE.

Déja l'heure s'avance,
Et pour le Bal il faut nous préparer.

PANURGE.

Quand on parle d'amour, peut-on se séparer !

ZÉNIRE, AGARENE.

Accordez-moi la préférence.

E

PANURGE.

Le choix n'eſt pas en ma puiſſance.

(*Elles ſortent avec leurs amants qui les rejoignent,*
& auxquels elles font pluſieurs geſtes qui mar-
quent leur ſatisfaction.)

　　　　　　　Climène paroît.

SCÊNE V.

PANURGE, *ſeul.*

Amour, tu nuis à mon bonheur,
De tes faveurs je voudrois me défendre.
Deux Belles à la fois ſe diſputent mon cœur.
Que faire ? choiſirai-je ou la vive ou la tendre ?
　　　Embrâſé des mêmes feux,
　　　Comment fixer mes vœux ?
Amour ! ah ! tu devois me rendre
Moins aimable, ou moins amoureux.

(*En voyant arriver Climene.*

Quel eſt cet homme qui s'avance !

SCÊNE VI.

PANURGE, CLIMENE, *sous l'habit de Maître des Cérémonies de l'Isle.*

CLIMENE.

LE Bal va commencer, Seigneur, dans un moment.
Je ne suis pas connu de vous, je pense.

PANURGE.

Non, très-certainement.

CLIMENE, *à part.*

Comment sous cet habit reconnoître sa femme !
Amusons-nous de sa nouvelle flamme.
(*haut.*) Sachez donc que par mon emploi
    Aux Etrangers, sur ces rivages,
  Des Lanternois j'enseigne les usages ;
Vous n'aurez dans le Bal qu'à faire comme moi.

PANURGE.

   Je vous sçais bon gré de m'instruire,
Je n'y veux point avoir l'air gauche, embarrassé.

CLIMENE.

Vous y verrez Agarene & Zénire ;

                 E ij

Près d'elles vous ferez placé.

PANURGE.

C'est pour moi grand honneur.

CLIMENE.

Et grand plaifir fans doute.

PANURGE.

Vous favez donc déja !...

CLIMENE.

Tout le monde s'en doute;
Oui, leur amour dans l'Ifle fait grand bruit.

PANURGE.

Que voulez-vous ? mon air galant féduit.
Mais quelles font ici vos danfes ordinaires ?

CLIMENE.

Nous en avons de graves, de légeres.

PANURGE.

Connoiffez-vous les Menuets....
Les Paffe-pieds....les Tricotets ?

CLIMENE.

Non... non...

PANURGE.

Tant pis, car c'eſt en quoi j'excelle.
Pourriez-vous me montrer quelque danſe nouvelle?

CLIMENE.

Très-volontiers ; le fandaga ,
Le caloula , le bamboula.

PANURGE.

Je n'entends rien à tout cela.

CLIMENE.

Parlons de vos amours.... c'eſt, dit-on, Agarene
Qui doit recevoir votre foi.

PANURGE.

On eſt plus habile que moi,
Car à me décider j'aurai bien de la peine.

CLIMENE.

C'eſt à l'Amour qu'il faut s'en rapporter ;
C'eſt lui, pour bien choiſir, que l'on doit conſulter.

Du choix que l'Amour suggere,
Rarement on se repent.
De l'objet qui sçait lui plaire,
Le cœur est toujours content.
    Avec un tel guide,
    Peut-on s'égarer ?
    Quand l'Amour décide,
    Tout doit rassurer.
Pour préférer la beauté fiere,
A la beauté douce, sincere;
C'est l'Amour seul qui doit nous éclairer.

P A N U R G E.

Ce Dieu ne me dit pas laquelle est préférable.
Vous-même autant que moi seriez embarrassé.
Mon cœur, par toutes deux également blessé,
Ne sçauroit distinguer quelle est la plus aimable.

D u o.

Vous qui les connoissez, dites-le moi tout bas,
    Répondez à ma confiance.
A laquelle, en un mot, dois-je la préférence ?
    Zénire a bien des appas.

C L I M E N E.

Oui, donnez-lui la préférence.

PANURGE.

Mais je crains sa langueur, je crains son indolence.

CLIMENE.

C'est bien penser.... non, ne l'époufez pas.

PANURGE.

Agarene à mon cœur livre de doux combats.
Elle me convient mieux, si j'en crois l'apparence.

CLIMENE.

Suivez votre penchant, oui,... ne balancez pas.

PANURGE.

Trop de gaieté souvent conduit à l'inconstance.

CLIMENE.

Vous avez bien raison... non, ne l'époufez pas.

PANURGE.	CLIMENE.
	A part.
Ah! quelle incertitude!	Que j'aime son inquiétude!
Ah! quel étrange état!	*Haut & ironiquement.*
Apparemment c'est l'effet du climat.	Oui, sûrement c'est l'effet du climat.

CLIMENE.

Allons, que rien ne vous arrête.
De votre amour le triomphe s'apprête.

PANURGE,

PANURGE.

De mon amour le triomphe s'apprête;
Allons au Bal, marchons à ma conquête.

SCENE

SCÊNE VII.

Le Théâtre change, & repréſente une Salle de Bal,
magnifiquement ornée. On y voit les Lanternois
& Lanternoiſes parés pour le Bal, & les quatre
Amants. On commence la Danſe, & après quel-
ques meſures, Panurge eſt introduit par Climene,
qui fait pluſieurs révérences que Panurge imite
gauchement. On le place entre les Amantes,
& le Chœur chante :

CHŒUR.

Honneur à l'aimable étranger.
A ſe fixer dans ces retraites,
   Par nos jeux, par nos fêtes
Puiſſions-nous l'engager !

(*On danſe.*)

PANURGE, *à Climene.*

Plus je les vois, plus je les trouve aimables.
Il faut pourtant choiſir. O tourmens incroyables !
CLIMENE, (*à part, & à Panurge.*)
Sur votre choix bientôt vous ferez éclairci,
Je connois un moyen. Nous avons, dans notre Iſle,

F

Une favante Sibylle ;
Et fa retraite eft près d'ici.

P A N U R G E.

J'approuve votre avis. Il me paroît utile.
Allons la confulter ;
Je veux fuivre les loix qu'elle va me dicter.

C L I M E N E, (à part.)

C'eft moi, c'eft moi qui ferai la Sibylle.

P A N U R G E & C L I M E N E.

Allons }
Venez } la confulter.

*Le fecond Acte fe termine par une marche gé-
nérale.*

ACTE TROISIEME.

Le Théâtre représente un Bois épais. On voit sur l'un des côtés une espèce de rocher, formant l'antre de la Sibylle ; & dans le fond le frontispice du Temple de Lignobie.

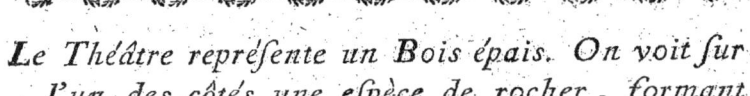

SCÊNE PREMIERE.

CLIMENE, ACASTE, ZIRPHILE.

CLIMENE.

Soyez contents, tout comblera vos vœux.

LES DEUX AMANS.

Achevez de nous rendre heureux.

PANURGE,

CLIMENE.

Vous le ferez, & moi je me ferai vengée.

LES AMANS.

De qui ?

CLIMENE.

D'un traître à qui ma main s'eft engagée.
De Panurge...

LES AMANS.

Comment !

CLIMENE.

Panurge eft mon époux.

LES AMANS.

O Ciel !

CLIMENE.

Si de mon cœur jaloux
Jufqu'ici j'ai fait taire
La trop jufte colère,
C'étoit pour me venger, en fervant votre amour.
Comme je vais le confondre en ce jour !
Pour Agarene & pour Zémire
Cette aventure eft encore un fecret.
Gardez-vous de les en inftruire.

Un plaifir qu'on achète eft toujours plus parfait.
Mais Panurge s'avance,
Je vous laiffe avec lui... Préparez ma vengeance,
Jouiffez de fon embarras,
Je vais à fon amour livrer d'autres combats.

SCÊNE II.

LES AMANS, PANURGE.

PANURGE, (*fans voir d'abord les Amants.*)

Sans doute c'eft ici qu'habite la Sibylle,
C'eft dans ce fombre afyle
Qu'impénétrable aux regards des humains,
Elle fe plaît à faire entendre
Les arrêts des deftins.
Oui, c'eft ici qu'il faut attendre.

(*Aux Amants.*)

O Ciel ! vous en ces lieux !
Viendriez-vous auffi pour confulter les Dieux ?

A C A S T E.

Nos cœurs brûlent d'apprendre
Quel fera votre choix.

PANURGE,

Vous m'étonnez, on veut me faire entendre
Que fur nos deux beautés vous avez quelques droits.

ZIRPHILE.

Je brûle pour Zénire.

ACASTE.

Et moi pour Agarene.

PANURGE.

Je ne romprai jamais une auffi belle chaîne.

ACASTE.

Un feul point s'oppofe à vos feux :
Vous ne les pouvez guère époufer toutes deux.

PANURGE.

Le choix, je l'avouerai, me paroît difficile :
Mais il fera bientôt fixé par la Sibylle.

TRIO.

LES AMANS.

Que vous êtes heureux !
Tout féconde vos vœux.

Chacun vous porte envie;
La beauté qui vous voit, de votre esprit ravie,
Brûle soudain de couronner vos feux.
Que vous êtes heureux!

PANURGE.

Oui, oui, je suis heureux.

ZIRPHILE.   ACASTE.

Pour lui point de cruelles.   Point de beautés rebelles.

ENSEMBLE.

LES AMANS.	PANURGE.
Honneur au vainqueur	Quelle faveur !
Honneur aux deux belles	En vérité, c'est trop d'honneur.
Qui regnent sur son cœur.	

ACASTE.

Quel avantage
D'avoir Panurge pour époux !

ZIRPHILE.

Si l'hymen est un esclavage,
Avec Panurge il est bien doux.

ACASTE.

Qu'il est aimable !
Qu'il est galant !

PANURGE,

ZIRPHILE.

Quel air triomphant !
Quel air féduifant !

ACASTE.

Quelle élégance !
Il chante , il danfe ;
Il eft charmant.

PANURGE.

Je chante , je danfe.

LES AMANS. (à part.)

Dans un moment,
Il ne fait pas ce qui l'attend.

(*haut.*) Honneur , &c.

PANURGE.

La Sibylle jamais n'eft-elle donc vifible ?

ZIRPHILE.

D'un rameau d'or vous êtes-vous pourvu ?
L'afpect de ce métal la rend feul acceffible.

PANURGE.

En homme inftruit j'ai tout prévu ;

(*Il attache le rameau d'or à la porte de l'antre ;
une troupe de Lutins paroît à l'inftant.*)

ZIRPHILE.

ZIRPHILE.

Ah ! quel effet fubit de ce brillant hommage !

ENSEMBLE.

C'eft un heureux préfage.

ACASTE.

Voyez-vous s'approcher, au gré de vos fouhaits,
Tous ces efprits folets,
Effaim vif & volage
Qu'attire le plaifir, que jamais il n'engage ?

ZIRPHILE.

Confultez-les. . . Adieu.

PANURGE.

Pourquoi vous retirer ?

LES AMANS.

Pour votre hymen il faut tout préparer.

PANURGE.

Reftez.

LES AMANS.

Nous ne pouvons demeurer davantage.

G

S C E N E I I I.

PANURGE, CLIMENE, (cachée.)
LES LUTINS, *danse pantomime d'Enfans.*
P A N U R G E.

Aĥ ! les jolis petits devins !
Eh bien ! charmants Lutins,
Prononcez donc fur mes deſtins.
(*La Danſe pantomime continue.*)
Quoi ! rien, pas un feul mot.. C'eſt par trop de myſtère.
Vous perfiſtez à vous taire ? ..
Invoquons la Sibylle, elle m'inſtruira mieux.
(*Tous les Lutins diſparoiſſent.*)
Nouvelle Pythoniſſe !
Qui ſçavez les ſecrets des mortels & des Dieux,
Qui vous cachez ſi bien aux regards curieux,
Daignez m'être propice.
Vous répondez au moins, ſi l'on ne vous voit pas,
Que par vous mon tourment finiſſe.
Cet eſpoir en ces lieux a dirigé mes pas.

Dois-je former ces nœuds qu'en aimant on redoute ?

CLIMENE.

doute.

PANURGE, (*étonné*)

Comment calmer le trouble où je me vois?

CLIMENE.

vois.

PANURGE.

Deux belles à-l'envi m'aiment, si je les crois.

CLIMENE.

Crois.

PANURGE.

Quel fort de mes amours fera la récompenfe?

CLIMENE.

Penfe.

PANURGE.

Dois-je être, en époufant, ou trifte, ou réjoüi?

CLIMENE.

Oüi.

PANURGE.

Il faut en choifir une ; apprenez-moi laquelle.

CLIMENE, *paroiffant fous la forme d'une Sibylle.*

Elle.

PANURGE.

Elle !......... & Sibylle & Lutins ,
M'inftruifent auffi peu que les autres Devins.

G ij

SCÊNE IV.

PANURGE, CLIMENE (*en Sibylle.*)

CLIMENE.

JE fais quelle eſt ta peine,
Je vois ton embarras.
Je fais ce qui t'amène :
Je fais encor ce que tu ne fais pas.

PANURGE.

Je le crois.

CLIMENE.

Je raſſemble
Le paſſé, le préſent & l'avenir enſemble :
Tout m'eſt connu, les ſecrets des amans,
Leurs plaiſirs, leurs tourmens.

PANURGE.

Vous connoiſſez donc ma tendreſſe !

CLIMENE.

Ah ! ſi je la connois !... rougis de ta foibleſſe.
Ne te ſouvient-il plus que tu fus marié ?

PANURGE, (*ſurpris.*)

O Ciel !.... en voyageant, je l'avois oublié.

CLIMENE.

Vous avez pu, cruel, oublier votre femme !

PANURGE.

Quel trouble s'élève en mon ame !
O fatal fouvenir !
J'eus , il eft vrai , le malheur de m'unir
Par un nœud qui bientôt devint infupportable.

CLIMENE. (à part.)

Le traître ! . . . .

PANURGE.

A fuir je me fuis vû réduit :
Le fort en ces lieux m'a conduit.

CLIMENE.

Vous trouviez de l'hymen le joug intolérable ,
Et vous fongez encore à rentrer fous fes loix.

PANURGE.

Ses loix , en ce pays, font plus douces, je crois.

CLIMENE.

Quitter une Epoufe conftante. . . .

PANURGE.

Je n'ai pu fupporter une chaîne accablante. . . .

CLIMENE.

Que dites-vous ? Par-tout on la vantoit :
C'étoit la douceur même.

PANURGE.

Son arrogance étoit extrême.

CLIMENE.

Comme elle vous aimoit !

PANURGE.

Elle me tourmentoit fans ceſſe.

CLIMENE.

Par excès de tendreſſe.

PANURGE.

Souvent trop de tendreſſe eſt à charge aux Epoux.
Femme jeune & jolie,
Quelquefois dans la vie,
Par un peu de coquetterie
Fait des jaloux.
Cela réveille les Epoux.

CLIMENE, à part.

C'eſt un avis pour nous.

PANURGE.

Mais femme toujours aimante,
Et toujours grondante;
Toujours careſſante,
Et jamais amuſante;

Eſt fort embarraſſante ;
Qu'en penſez-vous ?

CLIMENE, à part.

C'eſt un avis pour nous.

(*Haut.*)

Si vous la retrouviez cette épouſe conſtante,
Et douce & prévenante,
Aimable, complaiſante,
Tendre, intéreſſante,
Pour plaire on fait bien des efforts.
L'Amour peut de l'Hymen faire oublier les torts,
Et rendre de ce Dieu la chaîne moins peſante.

PANURGE.

Non, l'Amour n'y peut rien.

CLIMENE.

Il peut tout ſur un cœur.

PANURGE.

En partage que n'avoit-elle
De Zénire la candeur ?
La gaieté d'Agarene ? elle eût fait mon bonheur,
Et des Epoux j'euſſe été le modèle.

C L I M E N E, à part.

J'aurois pu faire fon bonheur !

P A N U R G E.

Cet Hymen après tout étoit un efclavage.
Adieu... je n'en veux point apprendre davantage.

C L I M E N E.

Arrête ingrat, barbare époux,
Il eft des Dieux vengeurs, redoute leur courroux.

Je la vois cette infortunée,
Victime d'un fatal amour,
Errante, abandonnée,
Sans efpoir de retour,
A périr condamnée !

P A N U R G E,

Que dites-vous !

C L I M E N E.

Climene infortunée,
Victime d'un fatal amour,
Errante, abandonnée,
Je te vois fans retour,
A périr condamnée !

P A N U R G E.

Cette idée eft affreufe, ô comble de douleur !
Moi, fon époux, j'aurois fait fon malheur !

Ma

Ma Climene !
J'ai mérité ta haine.

CLIMENE.
Malheureufe Climene !

Vas, fuis perfide époux,
Les remords dans ton cœur vont fe raffembler tous.

PANURGE.
Oui, oui, je fuis coupable,
Frappez, je me livre à vos coups.

CLIMENE.
Ton crime eft impardonnable.

PANURGE.
Je tombe à vos genoux.

CLIMENE, à part.
Le voilà donc à mes genoux.
(*en le relevant.*)
Tu redeviens fenfible, apprends qu'elle refpire.

PANURGE.
O Ciel ! elle refpire !
Mais fur fon cœur je n'aurai plus d'empire.

CLIMENE.
Pour toi je connois fon amour,
Pour toi Climene brûle encore.
Son cœur qui t'aime, qui t'adore,

H

Pour toi foupire nuit & jour.

PANURGE.

Ma Climene refpire encore !
Je pourrois la revoir un jour !
Sibylle, ô vous, vous que j'implore,
Rendez la donc à mon amour.

CLIMENE.

Tu promets d'être fidèle !

PANURGE.

Je ne vivrai que pour elle.

CLIMENE.

Tu l'aimeras toujours.

PANURGE.

Oui, je l'aimerai toujours.

CLIMENE, à part.	PANURGE, à part.
Ah ! fais qu'il foit toujours fidèle,	Fais que je fois toujours fidèle,
Grand Dieu ! j'implore ton fecours.	Grand Dieu ! j'implore ton fecours.

CLIMENE.

Pour toi, &c.

PANURGE.

Ma Climene, &c.

De moi que va-t'on dire ?
Que penferont Agarene & Zénire ?

CLIMENE.

Raffure-toi.

PANURGE, *fuivant la Sibylle qui s'approche de l'Antre.*

Vous voyez mon ardeur ;
Ah ! rendez-moi Climene & le bonheur ?

CLIMENE.

Tu la retrouveras toujours tendre & fidelle.

PANURGE.

Se pourroit-il ? où donc eft-elle ?

CLIMENE.

Bien près de fon époux.

H ij

SCENE V.

PANURGE, ZIRPHILE, ACASTE, ZENIRE, AGARENE, LE GRAND-PRÊTRE & LE CHŒUR.

(Le Grand-Prêtre s'est approché fur le devant de la Scene avec le Peuple.)

CHŒUR, *aux Amans.*

FORMEZ les plus doux nœuds,
Que l'Hymen vous uniffe,
Et qu'en ce jour heureux
L'oracle s'accompliffe.

PANURGE. *(Il prend pour lui ce que le Chœur chante.)*

De me voir marié l'on eft donc bien preffé.
On ne l'étoit pas tant quand je faifois naufrage,

De me tirer des flots dont j'éprouvois la rage.

à part.   *Il regarde le Grand-Prêtre.*

Plus que jamais je fuis embarraffé.

LE GRAND-PRÉTRE.

Panurge, vous aimez Agarene & Zénire,
Il faut que votre choix fe déclare en ce jour.

PANURGE.

(*à part.*) Je ne fais que lui dire.

ACASTE & ZIRPHILE, AGARENE & ZENIRE.

O ciel ! couronne notre amour !

LE GRAND-PRÉTRE.

Prononcez.... c'eft....

CLIMENE, *rentrant.*

C'eft moi ;... ta femme... ta Climene !

PANURGE.

Ma femme ! ma Climene !

Les ACTEURS & le CHŒUR.

Sa femme ! quoi, Climene !

PANURGE, *embraffant Climene.*

Tu viens bien à propos pour terminer ma peine.

CLIMENE.

Oublions le paffé, foyons toujours amis.
Tu m'aimeras ?

PANURGE.

Oui, je te l'ai promis.

Fût-il jamais d'aventures pareilles ?
Un même jour ici, malgré le fort jaloux,
Couronne les Amants, réunit les Epoux.
Ah! ce pays, sans doute, est celui des merveilles !

LE GRAND-PRÊTRE & le CHŒUR.

Parois à nos yeux,
Divinité brillante ;
Embellis ces lieux
De ta pompe éclatante.
Viens, reçois les fermens
De ces Epoux, de ces Amants.

SCÊNE DERNIERE.

Le Théâtre change. On voit, dans le fond, la Déesse des Lanternois dans une très-grande Lanterne ; & les côtés sont éclairés par des Lanternes. (a)

LA DÉESSE, & LES PRÉCÉDENS.

LA DÉESSE, aux Amants.

Votre constance a rempli mon attente.
Que le plus doux Hymen couronne tant d'amour.

(a) On a voulu donner l'idée de la fête des Lanternes, en usage chez les Chinois. *Voyez* le Pere DU HALDE, *vol.* 2, *pag.* 189.

Soyez unis, qu'une fête brillante
Confacre un fi beau jour.

LA DÉESSE, à Panurge.

Panurge, que de toi Climene foit chérie.
Ici ne fois plus étranger.
Ton fort fera digne d'envie,
Si tu peux ne jamais changer.

(*La Déeffe difparoît.*)

Tous les ACTEURS.

Plus de trifteffe,
Quand la tendreffe
Couronne enfin tous nos vœux.
Que la Déeffe
Veille fans ceffe
Sur des époux que l'amour rend heureux.

De l'Hymen goûtons les charmes,
Heureux, après tant d'alarmes,
Pour nos cœurs
Que de douceurs.

Plus de trifteffe, &c.

LES AMANS.

Dieux! quelle ivreffe!
L'Amour nous bleffe.
Dans vos yeux il prend fes traits,
Célébrons fes bienfaits.
Sous ta puiffance,

Amour, naît l'espérance,
Compagne des defirs ;
Et la confiance
Affure les vrais plaifirs.

Plus de trifteffe, &c.

T O U S avec le C H Œ U R.

Chantons l'Amour & fa puiffance,
Non, rien ne réfifte à fes traits.

Il couronne $\begin{cases} \text{notre} \\ \text{votre} \end{cases}$ confiance.

Célébrons fes bienfaits.

F I N.

A P P R O B A T I O N.

J'AI lu par ordre de Monfeigneur le Garde des Sceaux, L'OPÉRA DE PANURGE, & je n'y ai rien trouvé qui m'ait paru devoir en empêcher l'impreffion. A Paris ce 10 Janvier 1785.

BRET.

www.ingramcontent.com/pod-product-compliance
Lightning Source LLC
Chambersburg PA
CBHW070823260626
47161CB00006B/2381